Édivon Jr.

A COR DO HORIZONTE

Copyright © 2021 de Édivon Jr.
Todos os direitos desta edição reservados à Editora Labrador.

Coordenação editorial
Pamela Oliveira

Preparação de texto
Andressa Bezerra Corrêa

Projeto gráfico, diagramação e capa
Felipe Rosa

Revisão
Laila Guilherme

Assistência editorial
Gabriela Castro

Imagens de capa
Beavera (freepik.com)
Jason Yuen (unsplash.com)

Dados Internacionais de Catalogação na Publicação (CIP)
Angélica Ilacqua – CRB-8/7057

Édivon Jr.
  A cor do horizonte / Édivon Jr. – São Paulo : Labrador, 2021.
  80 p.

ISBN 978-65-5625-084-7

1. Ficção brasileira 2. Pandemia - Ficção I. Título

20-4247   CDD B869.3

Índice para catálogo sistemático:
1. Ficção brasileira

Editora Labrador
Diretor editorial: Daniel Pinsky
Rua Dr. José Elias, 520 – Alto da Lapa
05083-030 – São Paulo – SP
+55 (11) 3641-7446
contato@editoralabrador.com.br
www.editoralabrador.com.br
facebook.com/editoralabrador
instagram.com/editoralabrador

A reprodução de qualquer parte desta obra é ilegal e configura uma apropriação indevida dos direitos intelectuais e patrimoniais do autor.

A editora não é responsável pelo conteúdo deste livro.
Esta é uma obra de ficção. Qualquer semelhança com nomes, pessoas, fatos ou situações da vida real será mera coincidência.

*Para Andréa, minha primeira leitora sempre.
Para meu pai, que além de me emprestar o seu
nome, me presenteou com o meu primeiro livro,
e aí teve início um eterno caso de amor.*

CAPÍTULO I
A FOTOGRAFIA

Via-se que ela estava radiante e se sentia totalmente protegida repousando a cabeça sobre o ombro dele. O seu sorriso era intenso; os olhos, porém, um espelho da alma, como dizem os poetas — e, no caso dela, duas esferas grandes de uma cor indefinida, como os de um bicho selvagem —, conseguiam demonstrar uma felicidade ainda maior, traduzida em um brilho ímpar e penetrante, que podia cegar a quem ousasse se aproximar. Toda a emoção que borbulhava dentro de si, como um vulcão trabalhando em silêncio.

Ele também transparecia felicidade, porém de uma forma mais discreta, com um sorriso mais contido — típico do macho que, não obstante todas as conquistas femininas e a igualdade de gênero que racionalmente acreditava existir na sociedade atual, não deveria desnudar toda a emoção e o contentamento que passeavam dentro dele. Contudo, era evidente que se sentia orgulhoso e poderoso ao amparar aquele belo rosto, que a ele se entregava totalmente. Enquanto ela repousava de leve a mão em seu ombro, ele a enlaçava pela cintura com um aperto forte, como se isso fosse uma condição imprescindível para demonstrar que agora ela lhe pertencia.

O seu olhar, entretanto, contrastava não apenas com os olhos seguros e penetrantes dela, mas também com sua própria atitude e postura máscula. Com efeito, quem o fitasse rapidamente poderia enxergar através dele um profundo amor e completo domínio de si; mas quem o mirasse com mais atenção e se detivesse no fundo de suas pupilas conseguiria vislumbrar uma ponta de insegurança e medo, como uma bandeira a tremular no mastro de um navio ao longe.

Ainda assim, não havia dúvidas de que se tratava de um casal que estava feliz.

CAPÍTULO II
A INÉRCIA

O súbito ruído da maçaneta da porta fez com que ela virasse o rosto e abandonasse a visão congelada e acalentadora da fotografia que passara horas observando e analisando da cadeira junto à mesa da espaçosa sala, deparando-se com a figura do marido ingressando no apartamento. O homem era o mesmo da foto, porém aquele olhar e o sorriso ali estampados há muito não visitavam mais o seu rosto.

Como fazia ultimamente ao chegar em casa, ele passou ao lado dela, olhou-a com olhos frios e lhe dirigiu um automático boa-noite e uma protocolar indagação sobre como fora seu dia. Sem esperar resposta, colocou sobre a mesa a pasta que trazia nas mãos e seguiu para o quarto.

Ela permaneceu na mesma posição, indiferente, ciente de que não era preciso responder às suas indagações, pois, além de não ter ânimo nem ao menos algo novo para lhe dizer, não seria ouvida caso o fizesse.

Ademais, para que se incomodar e segui-lo até os cômodos mais íntimos da casa, quando aquele era o retrato atual da relação de ambos? Para que se levantar e deixar a sala se, de uns tempos para cá, fosse no sofá ou naquela mesma cadeira em que se encontrava instalada, aquele havia se tornado o aposento do lar em que mais permanecia sentada horas a fio, olhando para os objetos e as fotografias que o enfeitavam?

Não sabia exatamente quando ou por que tudo aquilo começou a afligi-la.

Já vinha sentindo uns avisos da alma, umas tristezas repentinas, sombras que lhe perseguiam o espírito certos dias da semana; um certo estranhamento no corpo, traduzido em uma esquisita indisposição física que não era igual àquela que a visitava depois de muito trabalhar ou exagerar na atividade física, também começara a chamar a sua atenção, mas ignorou todos esses indícios, interpretando-os como um provável cansaço acumulado, que seria facilmente afastado com uma viagem de férias.

Mas, certo dia, simplesmente não conseguiu levantar-se da cama e seguir para o trabalho. Sem qualquer sintoma anterior, uma dor aguda e difusa nas costas a atingiu assim que abriu os olhos. E uma falta de ânimo completa, como se todo o seu interior fosse um imenso deserto, tomou conta dela. A partir daquele dia, uma falta de vontade de sorrir, falar, agir, apossou-se dela.

Assustado, o marido, o único com quem ela ainda sentia vontade e alguma felicidade em conversar, mesmo que não reunisse forças para com ele trocar muitas palavras, esperou alguns dias e, percebendo que não apresentava melhoras, levou-a ao médico para examinar inicialmente as suas costas.

Exames de manipulação em sua coluna, exigências de que reproduzisse movimentos corporais, radiografias e tomografia foram realizados, e constatou-se que nenhuma lesão ou enfermidade acometia suas costas.

O marido, como que querendo ocultar de si próprio o que já imaginava, ainda insistiu em levá-la a um clínico geral, que aconselhou a ambos que visitassem um psiquiatra.

Uma vez no consultório do especialista indicado, após as tradicionais apresentações e a troca de algumas informações iniciais, ela mostrou-se colaborativa e com tanta boa vontade de responder às perguntas que lhe eram feitas, como nem de perto havia agido com os outros profissionais que a atenderam anteriormente, a ponto de, quando instada a tentar descrever o que sentia, sair-se com a seguinte e esclarecedora observação: "Me dominam uma apatia e tanta letargia acumulada equivalente a manhãs de domingo de um ano todo".

Voltou então para casa com a prescrição de alguns remédios antidepressivos e a indicação para submeter-se a sessões de terapia.

Com o decorrer das semanas, passou pouco a pouco a sentir-se levemente melhor. Aquela melancolia abrandara, como se o sol voltasse a banhar sua alma e a névoa que a envolvia começasse a se dissipar.

Mas era um caminho longo a trilhar, como o próprio médico os alertara, deixando claro que não era uma estrada plana e reta, mas acidentada, com algumas depressões a enfrentar e obstáculos a vencer.

Ela manteve isso na mente, disposta a encarar e vencer o desafio que se lhe apresentara, tanto que procurava não faltar à sessão semanal de terapia, embora não fosse fácil falar de si durante uma sessão inteira, abrir-se, escancarar alguns traumas e fantasmas, muitos dos quais nem sabia que habitavam o seu interior.

O seu chefe, como era de se esperar, não teve essa mesma lógica — e, sobretudo, paciência —, demitindo-a tão logo encerrado o período de licença médica e férias que foi obrigada a tirar assim que se viu enferma.

Porém, para a sua decepção, com o tempo o marido também pareceu esquecer-se daquelas palavras proferidas pelo médico.

A princípio, mostrou-se extremamente prestativo e solidário, permanecendo atento às suas medicações, levando-a e buscando-a nas sessões de terapia, posto que no início ela não possuía coragem suficiente para sair de casa, autonomia que recuperou após cerca de dois meses.

Ele evitava ausências muito longas de casa e passou a não ficar além do horário necessário no trabalho, chegando a reduzir ao mínimo os compromissos que não fossem profissionais.

Contudo, um semestre inteiro com essa rotina, definida — sob a sua ótica e por suas próprias palavras — como espartana, aliado ao golpe que fora a demissão da mulher e a sua acentuada inapetência sexual, fez com que sua obstinação inicial fosse aos poucos vencida.

Paulatinamente, a sua ânsia pelo trabalho retornou com apetite voraz; e mais de uma vez por semana chegava a jantar no próprio escritório. Retomou a maioria dos compromissos particulares com os amigos, e as tentativas de recuperar aquelas conversas longas e alegres do passado com a mulher, que por vezes davam fruto e outras ficavam no vazio, deixaram de fazer parte da sua gama de interesses.

E agora se encontravam naquele estágio há um bom tempo, naquela inércia, estagnados, cada qual no seu mundo particular.

O marido, alienado e preso à sua própria rotina profissional e a incertezas quanto ao futuro; a mulher, trilhando praticamente sozinha aquele caminho que ela frequentemente comparava a uma montanha-russa: ora instalada no topo, confiante e com uma vista maravilhosa do horizonte; ora descida abaixo, querendo ficar de olhos fechados e com as mãos agarradas ao cinto de segurança do brinquedo, como que para se garantir de que ele não iria arrebentar e lançá-la pelos ares.

E era exatamente nessa parte inferior da montanha-russa que ela se encontrava nesse dia, quando olhava nostálgica para a fotografia e o marido entrou em casa.

CAPÍTULO III
O INTRUSO

Provavelmente o companheiro já havia comido algo na rua depois de sair do trabalho. Depois do banho, não deixara mais o quarto do casal. Como de costume, ela permaneceu acordada até bem mais tarde. Preparou uma salada, fez uma omelete e jantou só, escutando música. Pouco assistia à televisão. Às vezes, via o noticiário. Gostava mesmo era de assistir a filmes, mas naquela noite preferiu a companhia de um livro, do qual se ocupou por um bom par de horas.

Mergulhada na leitura, quando olhou o relógio viu que já havia passado e muito da meia-noite. Só então abandonou a sala e resolveu entrar em seu quarto, onde o marido dormia pesado, ressonando alto.

Isso a favoreceu, porque conseguiu ir ao banheiro, escovar os dentes e colocar o pijama sem se preocupar em atrapalhar o sono dele. Finalmente tomou o seu remédio noturno com bastante atraso e, menos de quinze minutos depois, também engatou em um sono profundo e sem sonhos.

Como sempre acontecia, ainda mais depois de ter ido dormir tarde na noite anterior, acordou na cama já vazia. Viu o travesseiro ainda com o cheiro de seu marido atravessado, totalmente fora de posição, e a parte do lençol que lhe cabia amassada e próxima de seu pé, qual um gato todo encolhido. Não gostava de se levantar rapidamente: semicerrava os olhos, espreguiçava-se, virava de um lado para o outro e, um costume antigo, desde que começaram a se relacionar, agarrava o travesseiro abandonado e, cheirando-o, dormitava um pouco mais, até extinguir o resto do sono que ainda havia dentro dela.

Por fim, levantou-se e apenas escovou os dentes, seguindo despenteada e de pijama rumo à cozinha. Contudo, ao abrir a porta da sala, que era caminho obrigatório àquele cômodo, deu um leve grito ao ver o marido sentado na mesma cadeira em que ela permanecera na noite anterior, bem-arrumado, com o computador ligado, aparentemente trabalhando.

Enfim recuperada do susto, perguntou-lhe sem nem mesmo lhe dar bom-dia:

— O que você está fazendo aqui a essa hora? Não devia estar no trabalho?

Ainda com um meio sorriso no rosto causado pelo grito surpreso da mulher, respondeu:

— Seguindo uma nova política da empresa e até segunda ordem, trabalharemos em casa. Em sistema de teletrabalho, home office, como queira.

— E quando será essa segunda ordem? — indagou, sem conseguir disfarçar um tremor e uma aflição na voz.

— Não sei precisar. Eles realmente não deram uma data, um período aproximado — respondeu o marido, com sincera tranquilidade.

— Mas como a empresa impõe, ou melhor, institui uma medida dessas e não informa um prazo? — insistiu a mulher.

— Acho que não é culpa deles. Essa providência foi tomada por uma questão sanitária, para preservar a saúde dos funcionários, de todos lá, por conta de uma gripe ou uma doença, não sei ao certo, provocada por um vírus, que parece estar se espalhando pelo mundo e prestes a chegar aqui. Assim como nós, empregados, a direção da empresa foi pega de surpresa e também está perdida — explicou. — A notícia está ganhando as páginas dos jornais, a internet, os noticiários da televisão. É isso! — exclamou, como que encerrando a conversa e voltando os olhos para a tela do computador.

Aquele gestual dele foi realmente recebido por ela como um marco final do diálogo. Como uma placa com a figura de uma pessoa com o dedo indicador em posição vertical contra os lábios exigindo silêncio.

No mesmo instante se dirigiu à cozinha e, paradoxalmente, foi afligida por um terror causado não pela chegada de uma doença desconhecida, com enormes chances de ser grave — afinal capaz de alterar, da noite para o dia, o sistema de trabalho do escritório de uma grande empresa —, mas sim pela inexorável certeza de que a partir daquela data, até não se sabe quando, teria de passar dias inteiros dividindo o apartamento com seu marido. À noite não se importava, mas durante o dia aquele era o seu hábitat, onde se deslocava da forma que desejava, fazia o que bem entendia sem dar satisfação a quem quer que fosse; ria, chorava e falava sozinha para espantar a solidão que era só dela e não queria dividir com mais ninguém. Ao passo que, enquanto o sol não se punha, ele possuía o mundo dele, no trabalho, fora dali. Sem dúvida, pensava, existia esse pacto nunca verbalizado, silencioso, entre eles.

E a sala, na qual ela ficava horas lendo o seu jornal, escutando a sua música, ou simplesmente parada, olhando através do terraço, tornar-se-ia o escritório dele?

Maldita a hora em que insistira em abrir um dos cômodos e fazer da sala um ambiente ainda maior. Maldita a hora em que tivera a ideia de transformar o quarto que sobrara em um closet.

Continuou insultando essas lembranças e a si própria, adiando com tal comportamento irracional a hora de retornar à sala.

Como sempre fazia para tentar acalmar-se quando se punha nervosa, esticou as mãos até a fruteira e passou a cheirar as frutas que encontrava. O cheiro suave e adocicado do mamão, o perfume apaziguador do maracujá, o odor delicado da maçã geralmente a tranquilizavam.

Conseguiu então pensar com lucidez e de imediato se agarrou a uma esperança que só poderia obter justamente naquela sala, o que a fez ganhar a força necessária para até ela regressar.

Ligou a televisão para ver o noticiário, e realmente só se falava no assunto mencionado pelo companheiro; espantou-se com a letalidade da doença, empilhando mortos por onde passava e se instalava. Desligou-a aterrorizada ao cabo de uma longa hora, não porque não obtivera a resposta que lhe interessava quando se sentou à sua frente — isto é, quanto tempo, aproximadamente, duraria aquilo —, mas porque, diante de todas aquelas contundentes e nefastas informações, instalara-se nela tal pavor que a fez sentir um desejo ainda mais forte de isolar-se em seu próprio mundo, além de ser atingida por um sentimento de culpa por ter, em um primeiro momento, se preocupado apenas e tão somente com suas angústias.

Passou então pisando forte pelo marido, sem olhar para o lado, e refugiou-se no quarto. Lá permaneceu o resto do dia, deitada ou andando de um lado para o outro, saindo rapidamente apenas para comer algo, pensando como faria para conseguir viver os dias seguintes inteiros, e não as noites, com aquele conhecido intruso em sua sala.

CAPÍTULO IV
A ROTINA

Não lhe era nada fácil resolver essa equação de continuar vivendo normalmente o seu dia a dia, usufruindo de todo o potencial que a sua casa lhe proporcionava, quando tinha, ao seu lado, de uma hora para outra, durante todo o dia, alguém que sempre estivera — desde o primeiro momento em que passaram a dividir o mesmo teto — nas manhãs e nas tardes dos dias úteis, e algumas vezes inclusive aos sábados, instalado no ambiente de trabalho.

    Ainda esperançosa em ouvir o anúncio de uma data precisa em que expiraria aquele pesadelo, durante a manhã seguinte mais uma vez acompanhou os noticiários, mas a esperada notícia não veio, deparando-se novamente com a espantosa e terrível contabilidade de mortes, pesando sobremaneira o seu coração. A mensagem que mais lhe chamou a atenção depois de todo o horror que ouvira, além, obviamente, dos cuidados a serem tomados para não contrair a doença, era a necessidade de estabelecer uma rotina diária enquanto fosse exigida a permanência em casa, a fim de salvaguardar a higidez mental e psicológica durante aquele duro período.

Ao escutar várias vezes aquele aviso, que soava mais como uma advertência, pensou que, ironicamente, até então, antes de eclodir aquele evento sinistro, nos últimos tempos o que ela possuía e a fazia sentir-se segura era justamente a possibilidade de manter-se em casa, com uma rotina que, embora alguns considerassem engessada, era única, particular e se confundia com seu próprio entendimento de ser livre.

Agora tudo parecia desordenado dentro de seu mundo. O apartamento, como um barco em que a maioria dos passageiros tivesse se deslocado simultaneamente para o mesmo lado, parecia penso, e ela devia andar com cuidado para não esbarrar em obstáculos ou mesmo tombar.

E essa primeira semana de confronto com a nova realidade lhe foi realmente penosa. Não obstante mantivesse os horários de outrora, pouco saiu do quarto, deixando a sala livre para o deleite do marido, que dela fez seu escritório.

Uma mudança adotada, contudo, foi a de pentear-se e trocar-se tão logo acordasse, despindo-se do indefectível pijama — que ultimamente tinha se tornado o uniforme de todas as manhãs, quando não ganhado ares de vestimenta oficial tarde adentro.

Inicialmente, assim agiu por uma intimidação natural que lhe impunha o hábito do companheiro, que, mesmo sendo obrigado a trabalhar dentro do próprio lar, não abria mão de vestir-se socialmente, com elegância e cuidado, mas sem exagero, buscando sempre trajar uma calça jeans ou de sarja, camisa social de mangas compridas, às vezes elegantemente dobradas, um sapato esportivo ou ao menos um tênis. Depois, porém, com o decorrer dos dias, nem lhe passavam mais pela cabeça as vestimentas dele, que começaram a não exercer praticamente nenhuma influência sobre suas escolhas. Tão logo despertava, já se livrava do pijama e buscava uma roupa diferente para vestir. Fazia-o para o seu próprio prazer. Escancarava a janela do quarto em que havia o closet, corria as mãos pelos cabides, abria as gavetas e escolhia os modelos e as cores das roupas que usaria de acordo com a temperatura, o brilho do sol e, sobretudo, com seu gosto pessoal e humor no dia, como para contrapor-se ao absurdo que assolava o mundo exterior.

Uma vez vencida a sofrida primeira semana, assim como se dispusera a escutar as palavras do médico meses atrás, enfrentar e superar a enfermidade que a acometera, também decidiu encarar esse novo desafio.

A partir de então, passou a circular com mais mobilidade pela casa.

Não conseguiu de imediato retomar todas as atividades que lhe eram próprias e caras, e que abraçara enquanto permanecia em casa ao longo do período em que se mantinha afastada do mercado de trabalho, da vida social e voltada apenas para si mesma, mas durante a tarde se permitia esticar-se no sofá da sala e ler os livros, escutar as músicas que tanto lhe faziam companhia. E duas vezes por semana encaminhava-se serena para o terraço com um colchonete próprio para fazer seus exercícios funcionais e sessões de ioga.

Não se sentia preparada para um confronto, mas se sabia capaz de ignorar os eventuais reclamos do marido quanto à sua inoportuna presença na sala durante o horário de trabalho dele, o ruído da música, seus movimentos a tirar--lhe a concentração; embora no fundo de seu coração tivesse receio de ser ferida com algum comportamento mais brusco ou palavras mais duras que lhe fossem dirigidas, recordando-se daqueles rompantes ríspidos e agressivos que dele subitamente partiam quando se deparava com as recaídas da mulher, após um longo período de melhora, sendo incapaz de lidar com a própria frustração e descontando da forma mais equivocada possível contra o elo mais fraco da corrente. Porém, agora ela não tinha escolha.

No entanto, foi surpreendida e desarmada pelo comportamento do companheiro, que, desde o primeiro o dia em que ela começou a visitar a sala com mais frequência, não apenas não esboçou qualquer reclamação, seguindo com o seu trabalho normalmente, como também passou, à medida que os dias se seguiam, a manter breves interações com ela, indagando-lhe sobre o livro que estava lendo, os exercícios físicos que fazia e as novidades musicais que descobrira.

Não foram raras as vezes em que ele elogiara as combinações e as roupas por ela escolhidas para vestir no dia a dia, apesar de tratar-se de modelos simples. Sentia-se ridícula ao perceber um rubor subir-lhe à revelia pela face, como uma adolescente ao ser flertada. Percebia que aqueles elogios não eram forçados nem proferidos com uma intenção implícita, mas ditos com sinceridade e expressando uma alegria espontânea ao vê-la trajar roupas leves e bonitas. Essa sua constatação de que a segunda impressão era a correta deixava-a muito mais feliz.

Sem que nada fosse previamente combinado, passaram naturalmente a jantar juntos. Nas primeiras vezes, permaneceram em silêncio a maior parte do tempo, mas não era um silêncio constrangedor. Cada qual ficava absorto em seus pensamentos sem a obrigação de forçar uma conversa; logo as observações e os diálogos entre eles iam surgindo, como gotas de orvalho caindo à medida que a noite vai findando e um novo dia se aproxima.

Sempre instada a emitir opiniões sobre questões do trabalho dele nesses jantares, ela sentiu uma comichão que há muito não experimentava e voltou a ligar o seu computador — não mais para ler as notícias, checar seus e-mails cada vez mais escassos, mas para interagir e atualizar-se sobre seu ramo profissional.

Não obstante esse avanço nas relações pessoais e na sua nova dinâmica de apropriação do espaço comum do apartamento, ela ainda sentia uma ponta de cerceamento e um sufocamento, sobretudo quando olhava a mesma cadeira da sala de jantar em que costumava se sentar ocupada e se dava conta de que não mais possuía a liberdade de ali ficar, sozinha, no momento que quisesse, o tempo que bem entendesse, olhando o que quer que desejasse.

Por isso foi com alívio que se recordou que o dia da sessão de terapia estava próximo. Desde que esse novo cenário se instalara, contava com esse respiro não apenas para falar de si e de como estava lidando com essa nova situação, mas sobretudo para ter uma oportunidade e uma desculpa razoável para ausentar-se de casa e ver-se acompanhada apenas de sua indispensável solidão, ainda que no curto trajeto entre a sua casa e o consultório.

Portanto, imensa foi a sua decepção, demonstrada por um balançar incessante da cabeça e uma feia careta, seguidos de um bufar e impropérios proferidos entre dentes, mas percebidos pela interlocutora do outro da linha telefônica, quando soube que a partir de então ela passaria a ser realizada por videochamada.

Se ainda fosse quando começara a fazer as consultas... Àquela época talvez o que mais desejasse fosse participar das sessões de terapia sem sair de casa. Agora era tudo o que menos queria. Muito pelo contrário, ansiava sair de casa por algumas horas e respirar o ar sem dividi-lo com ninguém, ainda que fosse a ínfima quantidade de oxigênio que passeava dentro do acanhado espaço de seu carro.

Entretanto, não havia escolha. Era imperativo naquele momento. E as sessões então passaram a ser a distância. Embora sentisse falta do olho no olho, da presença física da terapeuta, não adiantava enganar-se ou mesmo mentir à profissional que a atendia para tentar quebrar a rígida regra ora imposta, dizendo-lhe que daquela maneira a coisa não funcionava. Afinal, o certo é que, apesar da alteração forçada, as sessões fluíam com grande ou até maior progresso, a ponto de aquela uma hora parecer poucos minutos.

Outro duro golpe à estabilidade conquistada na marra pelo casal ao longo daqueles dias foi deixar de contar com a presença da faxineira que, duas vezes por semana, se dirigia ao apartamento e ajudava na limpeza e na organização do local. Não havia como contestar a necessidade de ela também permanecer em sua própria casa. Bastava-lhes aceitar mais esse ditame que o terrível e triste momento atual impunha.

Olhando de fora, parecia que um novo teste àquela convivência forçada era criado à medida que ambos se acomodavam e até chegavam a se regozijar com ela, como se fosse uma corrida de obstáculos cujos organizadores, imbuídos do propósito de não os deixar vencer, criavam uma nova barreira a cada degrau por eles superado.

A partir daí tiveram de se sentar e discutir e elaborar conjunta e consensualmente, como há muito não faziam, um plano de atuação e uma divisão de tarefas apenas entre eles dois.

Após uma conversa que começou um tanto tensa, mas acabou em risos sinceros e divertidos, estabeleceram que a ele caberia arrumar a cama, varrer, lavar a louça e colocar a roupa para lavar; ao passo que ela ficaria incumbida de limpar os banheiros, secar a louça, estender e passar a roupa — tarefas domésticas obviamente mais árduas, às quais, porém, ela cedeu sob o argumento de que ele passava mais horas ocupado com compromissos profissionais.

Todavia, em um único ponto divergiram: apesar da insistência dela em ver o marido voltar a cozinhar, lembrando-lhe que ele sempre se saíra tão bem nessa tarefa, revelando inclusive uma surpreendente habilidade no início do casamento ao arriscar a confecção de pratos mais elaborados, os quais sempre eram escolhidos para os jantares mais intimistas e sofisticados regados a vinho que vez ou outra faziam, ele, no entanto — e ela definitivamente não entendeu a razão da intransigência —, nesse ponto permaneceu irredutível. A mulher concluiu que não valia a pena dar azo a uma contenda apenas por tal motivo, deixando claro, por outro lado, que ele não esperasse dela grandes voos à frente do fogão e que as refeições futuras seriam predominantemente rápidas e frugais.

Enfim acertados, assim ficou estabelecida a rotina que passaria a ser seguida na casa e entre eles até que tudo voltasse ao que era antes.

CAPÍTULO V
O ESPELHO DO PASSADO

Tudo seguiu perfeitamente bem nas duas primeiras semanas. Ambos totalmente adaptados às tarefas domésticas, inclusive cumpridas com dedicação e prazer, trocando comentários carregados com pitadas de humor em relação ao desempenho do parceiro nas obrigações estabelecidas.

Embora ligeiras as refeições, a mulher esmerava-se na elaboração de pratos simples, porém saborosos. Ele, percebendo a dedicação dela, por vontade própria assumiu o preparo da mesa, caprichando em sua ornamentação, onde, agora, almoçavam e jantavam sempre juntos.

Ela surpreendeu-se com a desenvoltura com a qual ele conseguira conciliar as obrigações do trabalho e as caseiras, mantendo sua pesada rotina profissional e ainda assim deixando a cama sempre bem-arrumada, o chão limpo e a louça lavada tão logo terminadas as refeições. Além de mostrar-se zeloso e organizado, o que mais lhe agradava, contudo, era o fato de ele realizar essas tarefas, que muitos talvez considerassem tediosas e irritantes, com um sorriso no rosto e manifestando um constante bom humor para com ela.

Nesse período, porém, apenas quando ele estava sentado diante da tela do computador, flagrava-o algumas vezes com os olhos parados e opacos, como se longe dali. Já havia vislumbrado aquela espécie de olhar em algumas oportunidades, mas nunca nele, e ela logo balançava a cabeça, extirpava o pensamento que lá brotava como uma planta ruim, e dizia a si mesma que o semblante apático do marido era fruto da concentração necessária à boa execução de seu trabalho.

Entretanto, com o passar dos dias, começou a perceber outros aspectos diferentes na postura dele. Algumas mudanças comportamentais pequenas, que a princípio poderiam passar despercebidas; porém, com apenas os dois em casa, voltados unicamente para si próprios e para a convivência doméstica, tornavam-se significativas e escancaradas aos olhos da parceira.

A mulher reparou que, mesmo nos dias em que era necessário atender chamadas de vídeo, ele deixara de se arrumar com desvelo para postar-se à frente do computador e cumprir as horas de trabalho, descuidando-se pouco a pouco das roupas que trajava, a ponto de sentar-se para trabalhar algumas vezes de pijama.

Diferentemente de antes, quando passava ao lado dele, postado naquela mesma cadeira que utilizava desde o primeiro dia em que começara a trabalhar em casa, não enxergava mais o computador cheio de anotações, números e gráficos, como uma emaranhada teia de aranha a piscar na tela, mas com frequência a via surpreendentemente despida de qualquer informação, vazia e solitária como a superfície da lua.

Ele passou então a pular uma ou outra refeição. Confrontado por tal comportamento, uma vez que ela passou a interpretá-lo como uma nota de desagrado com sua comida, justificou-se com o argumento de que o receio de engordar, em face da menor quantidade de exercícios físicos que fazia, era sua única razão. Mas, apesar do questionamento, no fundo lhe parecia de fato que o apetite dele, até pela face menos entusiasmada no momento em que se sentavam à mesa, embora ele ainda se esforçasse em manter um sorriso cansado no rosto, havia se esvaído devagar, como uma torneira que vai sendo aos poucos fechada, deixando de jorrar água e contentando-se apenas em soltar míseras gotas.

Outro hábito que ele desenvolveu foi o de permanecer mais horas à frente da televisão, assistindo invariavelmente a noticiários monocórdios, os quais via com os olhos fixos e sem brilho, como que hipnotizado por aquela triste e terrível melodia de uma nota só.

No entanto, ela se assustou realmente no dia em que irrompeu na sala e deparou com o companheiro deitado no sofá, os pés sobre o encosto, a televisão ligada no imutável noticiário, o computador sobre a barriga, os dedos imóveis no teclado e o olhar perdido no vazio.

Foi sacudida por um sobressalto como se a tivessem estapeado a face e imediatamente se lembrou de quando, onde e em que outro rosto havia flagrado e convivido com aquele mesmo olhar.

Ao vê-lo assim, era como se estivesse diante de um espelho, ou melhor, como se se defrontasse com um espelho, um espelho singular, que em vez de refletir a sua própria imagem desfiava passagens e momentos de seu passado não tão longínquo, representados agora por seu marido.

CAPÍTULO VI
O FLAGRANTE

A partir de então passou a observar o companheiro com maior atenção.

Respirou aliviada ao não notar nele nenhum sinal de relaxamento ou irritação em relação à rotina doméstica, que continuava realizando dia após dia com igual denodo, concluindo — por meio dessa simples constatação, sem arrimo em qualquer argumento racional mais sólido, mas por absoluta intuição própria, talvez para acalmar o coração — que nem a casa tampouco ela própria eram a razão da tristeza que o afligia.

Conversava menos com ela, é verdade; semblante mais introspectivo, porém não carrancudo, permanecendo, contudo, o prazer e o frescor nos diálogos que mantinham.

Então, redobrou sua vigilância de modo discreto, nos momentos em que ele desenvolvia as atividades laborais, quando efetivamente constatou maior alheamento e falta de motivação.

Adotou uma postura passiva, sem lhe perguntar de forma direta nada relacionado a isso nem bisbilhotar seus contatos ou documentos profissionais e pessoais — o que sempre considerou uma atitude reprovável e até uma agressão à intimidade alheia, cujo direito de fazer ninguém possuía, ainda que fosse o próprio companheiro. Limitou-se, quando estava na sala, deitada, lendo ou escutando música, sempre que podia, sem chamar a atenção, a voltar os olhos perscrutadores na direção do marido, tentando ler por seus gestos, feições e reações o que se passava dentro dele e, enfim, sentir-se autorizada e preparada para abordá-lo, já sabendo de antemão como fazê-lo para não o ferir com uma aproximação excessivamente invasiva.

Tinha consciência de que isso não seria fácil. Por mais que o conhecesse e observasse, não conseguiria extrair todas as informações apenas o espreitando com olhos vigilantes, sem confrontá-lo.

Entretanto, não sabia qual o modo mais correto e a melhor ocasião para fazê-lo. Estava lutando com essa dúvida interna, quando o próprio acaso lhe proporcionou esse momento.

Era hora do jantar, e ela o chamara por duas vezes da sala, pois os pratos já haviam até sido servidos. Aumentou o tom da voz e fez uma terceira tentativa, também em vão. Não desejando gritar — afinal o volume de seus chamamentos anteriores foi aumentando gradativamente e com certeza bastava para fazer-se ouvir —, saiu em busca do companheiro, preocupada.

Abriu rapidamente a porta do quarto de ambos, mas não o encontrou. Imaginou que estivesse no closet colocando uma roupa mais à vontade para jantar, porém ali nem sinal dele. Voltou então ao quarto do casal, posto que se esquecera de olhar no pequeno terraço ou mesmo no banheiro. Dessa vez ingressou no cômodo e, tão logo deu alguns passos para o seu interior, escutou ruídos de objetos sendo revirados justamente dentro do banheiro. Aflita, não se lembrou de bater na porta e foi logo girando a maçaneta, arriscando que estaria aberta, e o flagrou sentado no piso frio do banheiro, com as pernas cruzadas e as caixas de vários remédios dela — tarja preta — espalhadas no chão, além de uma cartela deles pousada em sua mão esquerda.

Apesar de surpresa com a cena, não titubeou e perguntou-lhe sem rodeios:

— O que você está fazendo aqui, sentado, com os meus remédios todos espalhados no chão e um deles nas mãos?

— Vim olhar apenas por curiosidade, pesquisar os efeitos deles — respondeu, também sem rodeios. E continuou dirigindo-lhe uma indagação boba, como querendo ganhar tempo, tal qual um atleta simulando uma contusão no final de uma partida difícil: — Por que apenas uma caixa estava no armário superior e as demais na última gaveta, quase escondidas?

— Fiz uma nova organização e só deixei aquele que tomo atualmente no armário superior. Já havia diminuído a quantidade de remédios desde que completei os seis meses de terapia. E, coincidentemente, desde que passamos a enfrentar essa situação atípica em nossa vida, de ficarmos quase todo o tempo em casa, aos poucos os outros medicamentos foram sendo tirados e hoje restou apenas um. E, sinceramente, sinto que em breve também não precisarei mais dele.

Após começar a resposta serenamente, essa última frase lhe saiu acompanhada de lágrimas nos olhos.

— Por que você não me contou essas novidades? — inquiriu-lhe o companheiro, mostrando-se surpreso.

— Porque depois de um tempo você simplesmente se desinteressou desse assunto, dos meus problemas... talvez mesmo de mim — disse-lhe calmamente, sustentando seu olhar com firmeza, mas sem deixar transparecer qualquer espécie de mágoa.

Assim que a resposta alcançou seus ouvidos, ele imediatamente baixou os olhos, atingido talvez por um sentimento de vergonha que o deixou em silêncio por alguns minutos. Quando os voltou em direção aos dela e resolveu retomar o diálogo, os olhos do homem também se encontravam embaçados pelas lágrimas.

— Desculpa ter agido assim, ter te abandonado no meio do caminho. É que às vezes é mais fácil colocar a vida no modo automático: sair para trabalhar, dedicar-se com afinco às questões profissionais, ir à academia, encontrar os amigos e nos deixarmos com o corpo confortavelmente cansado; e aí chegar em casa, conversar assuntos triviais e dormir. O corpo sempre em movimento, agindo, sem deixar espaço para a reflexão, para as dúvidas, para o sofrimento — disse com a voz carregada de sinceridade.

— Talvez por isso estejamos lendo que tanta gente está sofrendo bastante nessa época, sendo obrigada a ficar em casa e, sem muita alternativa, tendo que voltar os olhos para si mesmo — comentou ela com um sorriso triste no rosto.

— Eu não soube continuar encarando a sua luta, a nossa luta. Achei que seria capaz, mas não resisti e cedi; entreguei os pontos, como se diz. Desculpa mais uma vez.

Como eles continuavam na mesma posição, ou seja, com ela em pé na porta do banheiro, enquanto ele permanecia sentado no piso, ao proferir aquela última frase o homem parecia ainda mais débil e frágil em relação à companheira.

— Não há razão para me pedir desculpa. A verdade é que a gente nunca sabe a real força que será necessária e se realmente a possuímos até começarmos a enfrentar uma batalha. Às vezes, nós mesmos nos surpreendemos e lutamos uma boa luta, ainda que nem sempre se consiga vencer. Em outras oportunidades, nem temos forças para começar a enfrentá-la. Você pelo menos começou e foi até onde conseguiu. De qualquer forma, se você acha que deve desculpas, elas estão aceitas. — Ao terminar de dizer isso, ela esticou ambas as mãos e buscou as dele, que há muito já haviam dispensado o remédio que ostentavam quando fora surpreendido ali, dando-lhe um primeiro impulso para que ele enfim se colocasse de pé.

Com os dois já postados agora no mesmo nível, olhando-se de frente e nos olhos um do outro, ela lhe perguntou o que há dias desejava saber e ganhara contornos de urgência assim que o vira no chão do banheiro com a cartela de remédios nas mãos:

— Qual a razão da sua apatia? Qual a razão do olhar vago e triste? Por que correr atrás dos meus remédios?

— Não sei ao certo. Talvez o inusitado e o horror dessa situação toda. Essas mortes que só crescem e se acumulam a cada dia. E, ao mesmo tempo, a infeliz e dolorosa ironia de ter sido justamente essa calamidade que me escancarou a certeza do tempo que eu perdi a partir do instante em que decidi viver, como eu já te disse, no automático. Daí um vazio brotou aqui dentro — disse isso apontando o dedo indicador contra o peito —, e, quando olho para mim mesmo, só vejo um poço escuro e sem fundo, cujo único som capaz de produzir são os ecos das vozes de outras pessoas — respondeu com voz incrivelmente fria, como se de fato estivesse convencido do que suas palavras anunciavam.

— Você sabe que remédios tarja preta não se tomam assim. Devem ser prescritos de acordo com cada situação e pessoa. Nós dois sabemos que *você* não é um poço escuro e fundo que só reverbera ecos — falou a mulher em tom de voz mais alto e firme, mas com um sorriso no rosto, acentuando incisivamente o segundo "você" que pronunciara.

— E estou precisando dormir. Estou com dificuldades para pegar no sono. Minha cabeça não para de pensar e pensar, não consigo desligá-la — disse ele, agora sorrindo um riso triste.

— Esses remédios não são apenas para dormir. São mais fortes do que isso. Tenho certeza de que você tem consciência disso. Há outros mais adequados e alguns até naturais para simplesmente nos fazer adormecer. Às vezes, para cair no sono, nem remédios são realmente necessários. Basta outra estratégia, menos fácil, obviamente, porém mais agradável. Podemos tentá-la hoje e amanhã e depois de amanhã, juntos, e assim corremos atrás da saída certa para os problemas que o afligem e tiram o seu sono. O que você acha? — indagou-lhe a mulher com um irresistível sorriso no rosto.

Ele retribuiu o sorriso com espontaneidade e deixou-se levar pela mão dela até a sala, onde os pratos os esperavam com a comida já gelada. Não se importaram e a esquentaram rapidamente no micro-ondas e jantaram escoltados por um silêncio tranquilo. Sabiam que por hoje já haviam falado o necessário.

Depois, ela o dispensou de lavar a louça do jantar e pediu que ele tomasse um banho, colocasse o pijama e voltasse para a sala.

Com uma obediência feliz, após cerca de meia hora, ele retornou à sala com a roupa de dormir e a encontrou sentada no sofá. Ela então se levantou, foi até uma grande estante que ocupava quase toda uma parede daquele cômodo e voltou com um CD nas mãos. Ligou o aparelho de som retrô que possuíam, daqueles em que ainda é possível escutar um bom vinil, e o colocou para tocar. A guitarra de Pat Metheny encheu o ambiente. Ela adorava aquele som. Além da técnica perfeita e da melodia precisa e bonita, a música lhe trazia um sentimento de felicidade e otimismo, ao mesmo tempo que a deixava absolutamente relaxada. Em seguida, sentou-se mais uma vez no mesmo sofá e pediu que o marido se juntasse a ela. Quando ele se aproximou, foi surpreendido com um gesto da mulher batendo delicadamente as mãos nas próprias coxas, a lhe indicar que deitasse em seu colo. Não hesitou e, em poucos segundos, já estava deitado no sofá, com a cabeça acomodada em suas pernas. Sentiu as mãos dela deslizando em seus cabelos ainda molhados pela água do chuveiro, em um movimento perpétuo de ir e vir, a sua voz calma pedindo para se concentrar na música. Foi sendo tragado por aquele ambiente, por aquele som, pela maciez do carinho e pela tepidez das generosas mãos que o produziam, mas ainda assim teve tempo de ouvi-la dizer que no dia seguinte começariam a cuidar da sua insônia, da sua angústia, dos seus medos, antes de ser abraçado por um reconfortante e profundo sono.

CAPÍTULO VII
AS GRANDES DECISÕES

Acordou sobressaltado ao se ver sozinho no quarto. Dormira na sala e realmente não se lembrava de como fora parar na cama. Essa a razão do susto que o sacudiu tão logo abriu os olhos. Buscou o relógio e viu que já passava das nove da manhã. Emendara um sono de quase doze horas e se sentia descansado como há muito não experimentava, embora fosse capaz de dormir mais um bom par de horas. Pena que havia obrigações a cumprir, pensou, lamentando em voz alta que o sábado só chegaria no dia seguinte. Perdido então em seus pensamentos e resmungos, foi surpreendido com a chegada da mulher trazendo-lhe uma xícara de café e uma fatia de pão torrado com queijo. Enquanto saciava sorridente o incomum apetite matutino, foi brindado com a explicação bem-humorada da companheira de como ela o conduzira do sofá da sala até a cama, inicialmente o empurrando e, depois, como aqueles funcionários que trabalham na pista do aeroporto com placas nas mãos indicando o exato local em que os aviões devem estacionar, ela foi lhe fazendo gestos com as mãos, mostrando-lhe o trajeto a seguir e desviando-o dos obstáculos do caminho, aos quais ele foi obedecendo como um sonâmbulo, com apenas um dos olhos entreaberto.

Ela lhe deixou claro que sabia que ele deveria ter despertado um pouco antes, afinal tinha compromissos profissionais a cumprir, e por isso lhe trouxera o café na cama, a fim de que não se atrasasse para sentar-se diante do computador. Não obstante, enquanto ele se arrumava, ela finalmente abordou a conversa da noite anterior e o lembrou que deveriam tomar algumas providências ainda naquele dia, a partir do que haviam discutido, embora não soubesse — e isso ela honestamente deixava claro para o companheiro — exatamente quais seriam.

Contudo, ela tomara a dianteira quanto a uma delas, que lhe parecia óbvia, e resolveu assim que acordou: entrou em contato com a sua terapeuta e obteve o nome de dois outros profissionais da área, um homem e uma mulher, para que ele, se o desejasse, entrasse em contato e, quem sabe, passasse a conversar sobre angústias e receios.

Apesar de mostrar-se surpreso com a rapidez de ação da mulher, não se irritou nem tampouco se ofendeu com a sua iniciativa, porém resistiu a aceitar tal auxílio, a princípio balbuciando palavras desconexas e ao cabo dizendo frases entrecortadas sem argumentos concretos para refutá-lo. Por fim, acabou apanhando o papel oferecido pela esposa com os nomes e os telefones e o guardou no bolso da camisa que acabara de vestir.

O simples fato de ele ter relutado, mas depois guardado o papel, foi interpretado pela mulher como um começo promissor, uma primeira e singela vitória.

Em seguida, não olvidando da rotina outrora pactuada, ele arrumou cuidadosamente a cama e se dirigiu à sala, onde se entregou ao trabalho. Porém, fosse pela conversa da noite anterior, fosse pelas resoluções que já deliberara dentro de si, os seus olhos já não traziam consigo aquela ausência de brilho, aquela sombra dos dias anteriores.

Ela, por sua vez, passou a manhã cuidando da limpeza da casa e preparando a comida, a fim de que, à tarde, pudesse entregar-se aos seus prazeres habituais.

No entanto, nessa tarde esqueceu-se da sala, da leitura, da música e do terraço e, em um frenesi, movida por uma energia acumulada há meses, passou a vasculhar o armário do banheiro e desfazer-se de todas as caixas de remédios que lá estavam e não mais precisava tomar, arremessando-as e brincando que o saco de lixo depositado sobre o chão era uma cesta de basquete, comemorando cada vez que uma daquelas caixas morria no fundo.

Exterminados os remédios inúteis, passou ao closet e separou todas as roupas velhas e os pijamas já surrados, para deles se livrar. Fez uma varredura e desfez-se também do supérfluo. Queria deixar os armários respirar. Abriu todas as portas e permitiu que o sol e o vento que entravam pela janela aberta os banhassem.

O companheiro, instalado na sala, estava com os olhos já cansados e vermelhos de tanto acompanhar as ininterruptas idas e vindas da mulher dos quartos para a área de serviço, sempre munida de um saco plástico nas mãos. Intuindo a curiosidade que o corroía internamente, como a maresia com tudo o que consegue alcançar, várias vezes ela ia em sua direção e, sem nada lhe dizer, abria o saco, piscava-lhe um dos olhos e mostrava o que havia dentro dele.

Em uma dessas viagens, ele a deteve e, para demonstrar que ela não jogava esse jogo sozinha, que formavam uma equipe, também quis lhe apresentar algo. Estendeu-lhe um papel e a deixou ler um e-mail que recebera do chefe ainda pela manhã e acabara de imprimir. Nele, o seu superior lhe cobrava maior produtividade, concentração e atenção com as tarefas e relatórios, que a cada dia eram mais sucintos e muitas vezes sem nexo. Antes que a mulher tivesse tempo de se preocupar com o teor da missiva eletrônica, ele se antecipou e disse ter entrado em contato telefônico com o chefe e — sem adentrar em mais detalhes — explicado que estava extenuado e por isso a qualidade de seu trabalho caíra. Por fim, ciente de que há muito não se ausentava do trabalho, há mais de dois anos não viajava a lazer, mas apenas a serviço da empresa, e não tinha como ter a sua solicitação negada, pediu-lhe a permissão para gozar trinta dias de férias, não obstante a censura dos colegas de trabalho com os quais falou sobre o seu pleito, todos unânimes ao argumentar que aquele não era o momento ideal para afastar-se da empresa, dada a menor quantidade de trabalho, em razão da estagnação da economia, o que poderia dar ensejo a uma eventual paralisação coletiva, além de no momento não haver para onde ir, para onde viajar.

Mas isso pouco lhe importava, e ela sabia disso. Ignorou então todo e qualquer argumento e manteve-se firme em seu propósito.

Por isso notou uma dupla felicidade na voz do superior quando ele o autorizou a sair de férias a partir do dia útil seguinte. Primeiro, porque não mais precisaria se preocupar com a falta de concentração de um de seus melhores funcionários, causada certamente por aquele momento atípico e pela obrigatoriedade de permanecer em casa. Segundo, pela simples razão de que voltaria a contar com ele, descansado e motivado, quando tudo voltasse ao normal e o trabalho recrudescesse.

Percebera um brilho de felicidade acender nos olhos da mulher à medida que contava a sua epopeia com o chefe. Alongara então propositalmente a história, buscando pontuar os comentários dos colegas de trabalho, as reações do superior, as próprias conclusões, apenas para usufruir do prazer crescente que experimentava ao ver aquela alegria transbordar dos olhos dela e alcançar o resto da face, terminando em um sorriso estampado no rosto que logo ganhou som e se desfez numa gargalhada contagiante, quando chegou ao final de seu relato e sua resolução.

Deixou-a então com a sua gargalhada e alegria por mais um tempo, mas quando percebeu que a tarde chegava ao fim e ela estava numa de suas últimas viagens rumo à parte de trás do apartamento, mais uma vez a obrigou a parar e, pretendendo deixar a sua felicidade ainda mais completa, a informou de que ligara para um dos terapeutas indicados, sentira-se à vontade com o interlocutor e acertaram falar-se uma vez por semana, pelo menos enquanto durasse aquele estranho e incerto período.

Depois da conversa entabulada na noite anterior, efetivamente lhe acendera no espírito uma forte esperança de que o companheiro reagiria e não a decepcionaria, porém ela não queria mais uma vez alimentar vãs expectativas para depois frustrar-se. Contudo, não podia imaginar tamanha disposição por parte dele, o que a deixou, além de extremamente contente, visivelmente empolgada. Tanto que se adiantou à própria vontade e lhe confidenciou naquele mesmo instante, contrariando a sua decisão de anunciar-lhe apenas no dia seguinte, que havia imaginado uma série de atividades que poderiam realizar para usufruir as atípicas férias. Entretanto, menos porque a tarde estava por findar, mas, sobretudo, para lhe atiçar a curiosidade com a ponta de um comentário afiado, disse-lhe que já era quase noite e precisava tomar banho e preparar o jantar, e só daria os detalhes no dia seguinte.

Malgrado a insistência do marido, ela se manteve firme em seu propósito, nada lhe revelando de antemão. Tomaram banho, comeram e, como na noite anterior e se tornaria um hábito até o fim daquelas férias, dormiram ao som de uma boa música.

Todavia, antes de pegarem no sono, outra decisão, tão ou mais importante quanto aquelas que ambos verbalizaram ao longo do dia, era por eles igual e simultaneamente pensada, porém guardada fundo no íntimo de cada um. Como lidariam com aquele crescente desejo carnal, aquela ininterrupta tensão sexual que pairava, como um fio de alta-tensão desencapado balançando ao sabor do vento sobre eles, prestes a se desprender do pequeno pedaço de concreto ao qual se ligava por apenas alguns centímetros? Quando as mãos se tocavam acidentalmente durante as refeições, quando esbarravam os corpos ao transitarem pelo apartamento, percebiam que um choque era produzido, uma faísca era gerada. Mas logo abortavam o fogo pronto e ávido de ser inflamado. Ela, com receio de ser rejeitada e não suportar a dor que viria a sentir. Ele, por sua vez, com medo de afobar-se e afugentá-la, magoando-a definitivamente.

Com esses pensamentos e essa decisão em suspenso, dormiram e foram, ambos, perturbados com sonhos fortes.

CAPÍTULO VIII
A TERAPIA

Sacudidos que foram durante a noite por sonhos enigmáticos e sensuais, acordaram mais tarde que o habitual, próximo ao meio-dia, mas ainda cansados, o que os fez permanecer na cama durante mais um tempo, de olhos fechados, pensando no que os aguardava.

Ela, ansiosa e apreensiva pela reação do companheiro àqueles dias voltados apenas para eles, sem trabalho ou qualquer intervenção externa, contando unicamente com as propostas e o incentivo de um e de outro para trilhar aqueles dias difíceis e enfim se reerguerem e se redescobrirem.

Ele, embora fragilizado, porquanto ultimamente surpreendido em todas as manhãs por uma apatia e uma tristeza inexplicável que nunca sentira antes, mas que do nada cismava em apontar o seu rosto como uma aparição, agora era impulsionado a seguir adiante e levantar-se da cama não apenas por um forte desejo que só fazia crescer dentro de si e atrapalhara o seu sono, mas também pela curiosidade do que ela iria sugerir para enfrentar o dia a dia distinto de quaisquer outras férias que já haviam passado juntos. Não se importava se iria ser ou não do seu agrado; queria simplesmente se deixar levar por ela, assim como o fizera quando ela lhe oferecera as mãos para ajudá-lo a levantar-se do chão frio do banheiro.

Esses instigantes sentimentos díspares que agitavam a ambos naquele momento, mas na sua essência muito semelhantes, para não dizer iguais, lhes emprestavam uma confiança de que superariam a própria insegurança e venceriam aquele período delicado e desafiador, recuperando cada qual a sua essência individual, conseguindo assim, juntos, ainda que de uma forma diferente de outrora, formar um velho porém novo casal.

Movidos por essa energia, abandonaram a cama e pularam o café da manhã; almoçaram e logo se colocaram frente a frente na sala.

— O mundo está praticamente parado lá fora. Podemos sair pouco. Estamos só nós dois e as nossas coisas aqui dentro — iniciou ela. — Podemos nos deixar dominar pelo tédio, o que é uma saída fácil — disse rindo —, ou pela depressão — agora séria, franzindo o cenho —, mas também podemos nos revolucionar com o muito que temos aqui. Você não acha?

Surpreso com aquelas palavras iniciais, o marido riu e disse num tom descontraído, mas ao mesmo tempo irônico, franzindo o rosto:

— Então, para iniciar, o que você propõe?

Emprestando o tom adotado pelo companheiro, ela falou em tom professoral e sorrindo:

— Como somos um *casal* que cultiva hábitos antigos — e ela propositalmente enfatizou a palavra "casal" e mostrou-lhe a aliança que trazia na mão esquerda gargalhando — e temos uma infinidade de CDs e vinis, que devem beirar os quatrocentos, além de inúmeros DVDs, proponho abolir os noticiários, abrindo-se a exceção de um único por dia, à noite, e mergulhar nas nossas músicas e filmes.

Com prazer, ele aderiu imediatamente à proposta e, naquele mesmo dia, começaram a fazê-lo. Embora a mulher tivesse sugerido ouvir os CDs em ordem alfabética, o marido refutou a ideia, dizendo que se assim agissem se tornaria muito repetitivo, afinal possuíam várias obras do mesmo artista ou banda. Venceu a sua proposta de escutar artistas de estilos distintos, um após o outro.

Então, no mesmo dia desfilavam rock, jazz, MPB, que enchiam a casa com seus acordes. Mas resolveram também não se prender a regras rígidas, permitindo-se às vezes escutar seguidamente a obra de um mesmo cantor ou grupo, procurando observar e trocar ideias sobre a evolução que experimentaram ao longo dos anos. Propuseram-se então, de comum acordo, a escutar de uma só vez todos os CDs dos Beatles que tinham e cobriam praticamente quase toda a carreira do quarteto. Desde o início despretensioso, com canções alegres e românticas, até a maturidade, com álbuns mágicos flertando com o psicodelismo e com outros repletos de melodias e letras revolucionárias, até o ocaso com trabalhos mais carregados do rancor que antecipa as separações, porém com músicas sempre brilhantes.

Externaram essa observação um para o outro e calaram-se, refletindo e imaginando, ambos, aquela linha do tempo da melhor banda que já existiu, semelhante em muitos aspectos a qualquer outro tipo de união.

E, ao longo daquele mês, Chico, Caetano e Paulinho da Viola frequentaram o apartamento, ao lado de Djavan, Gil, Tim Maia, entre outros. Para não dizer que dançavam apenas ao som desses três últimos e demonstrar todo o seu ecletismo, Stevie Wonder, Eric Clapton, Rolling Stones, Buena Vista Social Club e The Police também desfilavam o seu talento por ali e serviam de pretexto para eles dançarem, trocarem olhares próximos, se tocarem e espantarem qualquer nuvem que ousasse pairar sobre eles.

E à noite sempre havia espaço para a voz de Billie Holiday, Elis Regina, Milton Nascimento, o piano de Tom Jobim e o bandoneon de Astor Piazzolla embalarem aquilo que virara um ritual antes de ambos emergirem no sono, prescindindo de remédios, desde aquela noite em que ela o convidara para repousar em seu colo na sala.

O mesmo se dava com os filmes. Escolhiam um para cada noite e se permitiam uma intimidade silenciosa, no escuro, cada qual com os seus sentimentos e pensamentos diante do que desfilava na tela.

Exercícios físicos e leitura também permeariam esse período, que ao final lhes pareceria ter passado mais rápido do que imaginavam e queriam.

Apesar de a maioria das atividades ter surgido a partir de ideias dela, foi uma sugestão dele que mais causou ebulição interna no casal.

Certo dia, sem nada avisar, ele resgatou uma atividade que faziam desde quando se conheceram, geralmente quando iam à praia ou ao campo.

Esperou o sol começar a banhar o terraço da sala do apartamento, nele instalou duas cadeiras, uma ao lado da outra, e pediu que a mulher sentasse e fechasse os olhos. Ela prontamente obedeceu. Um minuto depois, não mais que isso, sentiu a respiração dele ao seu lado e tudo se inundar com o seu cheiro. Ato contínuo, a voz dele encheu o terraço e ele passou a ler um livro em alto e bom som, para ambos, como outrora faziam e que — sem saber o motivo, aos poucos, como as estrelas vão tristemente sendo apagadas pela luz do dia — haviam parado de fazer.

Entorpecida pela voz e obcecada por ir atrás do motivo pelo qual cessaram aquele hábito, embora no fundo o soubesse, inicialmente não percebeu que ele escolhera para trazer à tona aquela intimidade tão aconchegante um de seus contos preferidos. Apenas ao escutar as palavras "felicidade" e "clandestina", voltou a sua atenção para o texto, mas era tarde demais, ele já se encaminhava para o fim. Então ela lembrou, com uma paradoxal felicidade, semelhante àquela narrada na história, que não tinham para onde ir, para onde fugir, nenhum compromisso a cumprir; eram apenas eles dois ali, naquele apartamento, naquele terraço, a dançar, a assistir, a sorrir, a ouvir — e, portanto, assim que ele leu a última linha, pediu-lhe que recomeçasse a leitura.

E assim seguiram-se os dias.

Além disso, é certo que ele tinha efetivamente entrado em contato com o terapeuta e com ele passado a conversar semanalmente, conduta à qual havia, a princípio, se mostrado reticente, mas que agora tinha ciência de que, pelo menos naquele momento, lhe era necessária.

Ela, em contrapartida, ainda tomava o único remédio que lhe fora prescrito, porém sabia que dentro em breve não precisaria mais dele. Decidira que até o fim daquele mês, aos poucos, o abandonaria.

Mas o casal sabia que nada se comparava àquelas atividades simples, revestidas de uma singeleza sem igual, que conjuntamente faziam, mas que, a par de sua leveza, de forma antagônica mostravam uma força e uma complexidade únicas, posto que eram condutas individuais e, ao mesmo tempo, partilhadas pelos dois, remexendo, remoendo e resgatando não apenas ele ou ela, como também ressuscitando a cumplicidade e a intimidade que ambos por muito tempo compartilharam.

Dessa forma, naquele curto e intenso mês, as músicas, as danças, os olhares trocados, os toques, o escuro da sala, os diálogos dos filmes e as leituras no terraço se tornaram uma fonte inesgotável de diversão e alegria e reaproximação de ambos, convertendo-se assim numa terapia improvisada e por eles (in)conscientemente engendrada.

CAPÍTULO IX
UM PASSO ATRÁS, DOIS ADIANTE

Paralelamente a essas atividades, o casal não abandonou a rotina dos afazeres diários domésticos, que contavam agora com maior dedicação do marido, gozando férias e, por conseguinte, não precisando mais dividir sua atenção com o trabalho. Por isso, a ele foram outorgadas outras tarefas, dentre elas a de buscar as compras da casa, atividade que fora monopolizada pela mulher desde o início daquele período.

Os alimentos já escasseavam no apartamento, e ele então se ofereceu para ir até o supermercado próximo ao prédio em que moravam. As compras não eram muitas, e poderia ir caminhando tranquilamente. Aconselhado pela mulher, habituada àquelas idas aos comércios próximos, colocou uma máscara e desceu pelo elevador. Não cruzava a porta do edifício desde que haviam sido suspensas as atividades presenciais no trabalho e começara a cumprir seus compromissos profissionais na sala de casa. Quando muito, chegou a sair com o lixo pela porta de serviço, mas o saco com os dejetos era deixado num recipiente reservado no próprio andar, não sendo necessário que utilizasse o elevador ou tampouco descesse pelas escadas, o que seria difícil por habitarem um andar alto. Assim, o ato de ingressar no elevador, encarar-se no espelho nele existente e ver refletidos apenas os seus olhos, com o restante do rosto oculto atrás de um pedaço de tecido, como velhos gângsteres dos filmes de Velho Oeste, prestes a cometer um delito, causou-lhe um estremecimento no espírito, uma sensação estranha na boca do estômago, mas não o suficiente para demovê-lo da ideia de seguir caminhando até o supermercado.

Todavia, ao cruzar o portão do prédio e ver-se de pé na rua de sua casa, com a vista sendo fulminada por inúmeros olhares igualmente sem rosto, cruzando por ele mas desviando ao máximo o trajeto para não terem a menor chance de se esbarrarem, foi como se um choque o atingisse e paralisasse suas pernas. Vieram-lhe então à memória as inúmeras vidas perdidas naquele curto período, e, apavorado, um medo o dominou e desejou apenas regressar à sua casa e refugiar-se em seu pequeno universo. Buscava se mexer, porém era como se os pés tivessem sido cimentados ao concreto da calçada. Sentiu o coração palpitar de súbito e a face ruborescer debaixo do pano da máscara que ostentava para proteger a si e a quem por ele cruzasse. Tentou locomover-se mais uma vez, porém em vão. Definitivamente não conseguia dar mais nem um passo adiante.

Por sorte ainda se encontrava próximo da portaria de seu edifício e conseguiu acenar e gritar para o porteiro, a quem solicitou chamar a mulher e pedir-lhe que descesse.

Nos poucos minutos que se passaram entre o seu chamamento e a chegada da mulher, permaneceu paralisado, observando aquele mundo estranho à sua volta, com poucos carros mas muitas bicicletas e motocicletas de entrega circulando pelo asfalto banhado por um sol agradável. E olhos interrogadores que pareciam caminhar sozinhos passando ao largo dele, questionando-o sem nada dizer por que ele estava ali parado, no meio da calçada, com uma sacola na mão e o olhar atônito e perdido no vazio. Percebia-os, porém não tinha ânimo nem coragem para responder-lhes.

Enfim a mulher chegou e logo percebeu o que estava acontecendo, captando o pânico que o aprisionava. Amparou-o colocando o seu braço direito entre o esquerdo dele e a sua cintura e, mais uma vez naquele curto espaço de tempo, com o apoio físico das mãos, auxiliou-o a mover-se. Despregou até com certa facilidade os seus pés antes concretados e ajudou-o a dar um primeiro passo para trás e operar uma meia-volta. Em seguida, juntos, fizeram o caminho de volta ao prédio.

Uma vez no interior do apartamento, para evitar debruçar-se sobre o que lhe acontecera ao cruzar a fronteira segura entre o prédio e a rua, e fugir do debate sobre o tema com a mulher, imediatamente falou sobre a urgência das compras, da necessidade de ela deslocar-se até o supermercado. Percebendo a intenção do marido, ela argumentou apenas não ser preciso sair de casa, relembrando a opção que lhe dera desde o início de adquirir os produtos pela internet. Visando dar-lhe um respiro e a oportunidade de refletir sobre o que se passara, saiu em busca do computador, sentou-se naquela mesma cadeira da mesa da sala que agora voltara a ficar vazia e, meticulosamente, com uma demora calculada, fez o pedido pelo aplicativo, desviando, a intervalos regulares, os olhos da tela e os pousando discreta e cuidadosamente sobre o companheiro, que, como um belo pássaro em um galho frágil, seguia deitado no sofá, olhando para o teto e escutando música.

Ao perceber que o marido se tranquilizara, dele se acercou e finalmente conseguiu falar sobre a paralisia física que o dominara ao colocar os pés na rua. Ele então lhe explicou a sensação estranha que o atingira, diferente de um medo comum, diante daquele quadro singular que avistara na calçada. Uma grande agitação interna, acompanhada de uma ausência de controle de suas pernas, embora quisesse movimentá-las, tomara conta dele, impedindo-o de mover-se.

Depois dessa breve explicação, um silêncio se abateu sobre eles. Nesse ínterim, a mulher refletiu e lembrou-se de muitos impulsos e medos que a assomaram inesperadamente no período de inércia pelo qual passara, que lhe parecia agora tão distante. Sorriu aliviada quando se deu conta de que o ataque de ansiedade dele fora bem menos incisivo e grave do que aqueles que a visitaram no passado.

Com o coração um pouco mais apaziguado após a reconfortante comparação que elaborara apenas mentalmente, mas ainda preocupada com ele, a mulher propôs-lhe um desafio: que ambos buscassem dentro de si o maior medo que haviam enfrentado e vencido ao longo da vida.

Como a ideia partira dela, com um sorriso aberto e franco no rosto, próprio de quem achara a proposta inusitada mas absolutamente apropriada, ele disse que o mais justo seria ela começar.

Talvez a mulher já tivesse feito aquele exercício antes, pois não demorou muito a iniciar o seu relato.

Disse-lhe que possuía dois medos distintos que apenas muito mais tarde descobriu que se cruzavam numa intersecção inusitada, mas totalmente lógica.

Primeiro, quando criança, em uma época em que era possível brincar na rua sem maiores problemas, morava em um bairro tranquilo. Ficava com as amigas jogando amarelinha, divertindo-se com jogos infantis de esconde-esconde, pega-pega. As ruas da região eram paralelas e quase todas planas, mas uma delas, próxima à escola em que estudava e na qual geralmente se davam as brincadeiras com as colegas, a partir de sua metade se inclinava de forma abrupta e dava lugar a uma grande depressão, que impedia de ver o seu fim e as outras vias subsequentes. Ela e as amigas acreditavam piamente que o mundo acabava ali. Não havia nada além daquele declive. E não ousavam cruzar ou tampouco chegar perto da metade inferior daquela rua. Um horror as dominava com essa simples ideia. Lembrava-se de ter pesadelos com aquela ladeira.

Já mais tarde, quando cursava a faculdade, ia e voltava de ônibus, em um trajeto demorado de uma hora. De manhã, descansada depois de uma boa noite de sono, seguia no coletivo, desperta e em geral lendo um livro. Na volta, em contrapartida, cansada das longas aulas, sentava-se e lutava contra a vontade de dormir, que comumente a vencia. Porém, era um repouso intranquilo e sobressaltado, pois tinha o receio de ser trapaceada pelo cansaço, perder o ponto de descida e acordar apenas no ponto final, com o ônibus vazio. Várias vezes efetivamente passara do ponto certo, mas um tipo de alarme de segurança interno era acionado, como se um vigia de seus medos fizesse ronda dentro dela e apitasse ao menor sinal de perigo, acordando-a subitamente poucos depois de perder o seu correto destino, permitindo-lhe regressar a pé até a casa.

Contudo, já no fim da universidade, extenuada, conciliando o estudo com o trabalho, foi enfim vencida pelo esgotamento físico e, quando se deu conta, sentiu alguém tocando-lhe o ombro. Era o cobrador, avisando-a que estavam no ponto final e precisaria descer. Aquele ônibus iria diretamente para a garagem, e ela devia apanhar o próximo. Suas argumentações em contrário foram em vão, e teve de saltar.

Estava sozinha no ponto final. Todos os passageiros haviam descido antes. Também vazias se encontravam as cercanias. Olhou em volta e percebeu que as ruas se assemelhavam ao bairro no qual brincava quando criança. Ao longe a via principal fazia uma curva abrupta e parecia tornar-se uma longa descida, não lhe permitindo avistar o que viria depois. Veio-lhe aquela mesma sensação de pavor que a afligia quando pequena, de que ali fosse propriamente o fim do mundo. Identificou, de forma simultânea, como se o seu íntimo estivesse conectado a dois canais distintos, que aquela preocupação intermitente, que logo se transformava em pontadas de medo quando ameaçava pegar no sono dentro do ônibus, era idêntica àquele pavor infantil, mas em escala menor; talvez, quem sabe, fosse o seu nascedouro e, provavelmente, tivessem a mesma origem.

Esses pensamentos formaram-se em sua mente em poucos segundos, como que de modo intuitivo. Da mesma forma, sem dar muito espaço à razão para controlar os seus movimentos, agindo quase tão somente por impulso, apertou o caderno e o livro nas mãos e caminhou a passos largos até o fim daquela rua comprida, parando exatamente no momento em que ela se transformava em uma curva. Olhou e constatou que a partir dali, como um ser autônomo e mutante, dotado de vida própria, a via se metamorfoseava em uma descida improvável de tão íngreme. Não titubeou, respirou fundo e, agradecendo por estar calçando um tênis, desceu-a com passadas firmes, altiva, como se integrasse uma parada militar. Com olhos duros investigava tudo ao redor, até que aos poucos foi relaxando e os seus passos foram se tornando mais naturais e sua quase marcha foi substituída por um andar alegre e solto, como aquele que a caracterizava quando menina brincando nas ruas de seu bairro. E com esse mesmo passo faceiro ainda se deu o prazer de conhecer o restante da agradável região em que o ônibus terminava o seu itinerário, a tempo de retornar e pegar calmamente outro coletivo e voltar para casa.

A história dela parecia tê-lo tranquilizado de vez. Via-se que refletia sobre ela com uma expressão prazerosa, e não havia dúvidas de que sinceramente se apropriara e se encantara com o relato.

Encorajado por ele, tomou a palavra e antecipou que o medo dele também remontava a uma história vivida na infância.

Embora contasse com exatos sete anos quando ela se deu, nunca mais a esquecera e, quando dela se lembrava, parecia ter ocorrido pouco tempo atrás, tamanha a precisão e a nitidez das imagens, assemelhando-se sua memória a uma tela de cinema de última geração.

Estava junto ao portão da escola, trajando o uniforme e tendo nas costas uma mochila com todo o seu material, além da lancheira vazia em uma das mãos, com as demais crianças, aguardando os pais virem buscá-los para levá-los de volta para casa. Morava em uma cidade pequena, e àquela época não havia perua escolar. Cada família se responsabilizava por pegar o próprio filho após o término da aula.

Naquele dia permaneceu de pé, presenciando a chegada, uma por uma, das mães dos alunos que se aboletavam no portão. A saída da escola foi ficando vazia, e, à medida que cada criança saía correndo e ia ao encontro de seu familiar, por vezes abraçando-o e beijando, seu coração apertava ainda mais, como se estivesse sendo pressionado cada vez com mais força por mãos invisíveis. Foi sendo invadido por um medo irracional que o cercou por inteiro. Sentia-se como dentro de uma bolha, que o impedia de se mexer e de responder às perguntas e brincadeiras de alguns poucos colegas que ainda permaneciam ao seu lado. Quando a última criança foi embora, um choro sonoro e forte irrompeu de dentro dele e estourou aquela bolha que o circundava; soltou a lancheira vazia, deu um passo para trás, deu meia-volta e correu para a sua sala de aula, dentro da qual, por sorte, ainda se encontrava a professora. Ela o acalmou e tranquilamente, como se aquela situação, aquele esquecimento, fosse a coisa mais banal e normal do mundo, dirigiu-se segurando suas mãos até a diretoria, onde obteve o seu endereço e o levou, em seu próprio carro, até a casa de sua família.

Durante o trajeto, em vez de se acalmar, outros medos e dúvidas vieram assombrá-lo. E se sua mãe tivesse se atrasado e, enquanto ela seguia a pé até a escola para buscá-lo, ele se encontrava naquele carro? E se ao chegar em casa, com a mãe atrasada a caminho da escola, não tivesse ninguém para recepcioná-lo, sendo obrigado a permanecer sozinho, com a fome a apertar-lhe, na calçada em frente à sua casa? E se ela apenas tivesse ido embora para sempre? Foi com esses fantasmas a fazer-lhe companhia que ele percebeu o carro da professora estacionar na porta de sua casa, que estava surpreendentemente aberta. A ânsia era tanta que abriu a porta do automóvel quase em movimento e saltou para fora sem despedir-se nem mesmo agradecer-lhe. Em poucos segundos estava na sala de sua casa, com a mãe a sorrir-lhe dizendo: "Que cabeça a minha, esqueci de ir te buscar". Uma mistura de raiva e alívio o fez esbravejar os poucos palavrões que conhecia, cair no choro e correr ao seu encontro. Envergonhou-se ao perceber que a professora o seguira e agora conversava com sua mãe, esclarecendo a situação entre agradecimentos e risos.

Concluiu o relato dizendo que o pavor que sentira fora tamanho que nunca experimentara um medo igual, nem mesmo depois de adulto, até porque ele passou a servir de parâmetro, isto é, toda vez que se defrontava com algo que reputava assustador, lembrava-se daquele dia de sua infância, respirava fundo, refletia um pouco, recuava e depois ia em frente com cautela, porém encarando o novo com contornos menos graves e sinistros que os que parecia possuir inicialmente.

Revisitando aquela memória e revivendo essa comparação, sentiu como se aquele medo paralisante que o dominara ao cruzar o portão de seu prédio e sair à rua poucas horas atrás se esvaísse, retirado como que com as mãos de seu coração.

Assim como ele, a mulher também se mostrou maravilhada com aquela história que ele nunca lhe havia contado. Pareceu oportuno lembrá-lo naquele momento ser absolutamente normal que, ao ver instalada dentro de si aquela melancolia difusa que ele passara a sentir nos últimos tempos, houvesse dias ótimos e dias que não se mostrariam tão agradáveis. Como se estivesse em uma montanha-russa, repetindo-lhe mais uma vez a expressão que ela própria cunhara desde que passara por momentos semelhantes.

Ele, entretanto, disse que aquela analogia fora por ela original e inteligentemente criada, e não queria roubar dela. Segredou-lhe então que a sua situação, na verdade, era igual a quando a mãe o ensinara a dançar antes de ir à sua primeira festa de quinze anos. Segurando-o nos braços hesitantes de adolescente, ela lhe disse para abraçá-la com firmeza pela cintura e dar um passo atrás e dois adiante. E continuou sussurrando de forma doce aquele mantra em seu ouvido, enquanto deslizavam inexoravelmente ao ritmo da música, como o rio segue em direção ao mar.

E era assim que ele seguiria até superar aquele momento. Quando fosse necessário, daria um passo atrás e depois dois adiante.

Mas o certo é que, antes mesmo de acabarem as suas férias, ele colocaria uma máscara e, sozinho, iria ao supermercado fazer compras.

CAPÍTULO X
A DANÇA DAS NUVENS

Essas confidências, essas conversas, esses medos e essas brincadeiras que eles partilharam e permearam o último mês serviram não apenas para fazê-los crescer individualmente, abrindo caminho a passos largos para superar os obstáculos internos que os atormentavam no presente e sentiam estar deixando paulatinamente para trás, mas também para reaproximá-los, bem como para resgatar o clima de intimidade e cumplicidade que aos poucos eles foram construindo desde o primeiro dia em que se conheceram, mas que a partir de um determinado momento, que nem mesmo eles sabiam precisar, seja por insegurança, seja por egoísmo, seja por mera falta de cuidado um com o outro, deixaram escapar vagarosamente entre os dedos, como quando colocamos as mãos em concha e tentamos reter a água, e pouco líquido sobra para saciar a sede.

Porém, a reboque dessa convivência mais próxima, efetiva e intensamente partilhada, veio o recrudescimento quase avassalador daquele desejo há muito reprimido de se pegarem, se atracarem e, ao mesmo tempo, entregar-se e possuir um ao outro.

Várias foram as vezes em que bastava um simples sopro de coragem de qualquer um deles para a intensa tensão sexual represada entre os dois ruir como um castelo de areia. Os olhares se buscavam vigorosos quando deitavam no sofá da sala, as bocas se aproximavam perigosamente durante as conversas e as leituras no terraço, os braços e as pernas chegavam a se roçar de propósito na cama, e os corpos, de forma discreta, se procuravam e aconchegavam-se na hora de dormir. Contudo, uma espécie de recato nascido a partir da distância que mantiveram nos últimos tempos, somado a um profundo temor de ferir, impedia ambos de dar o passo final. Como se houvesse um muro imaginário entre eles e nenhum dos dois tivesse a necessária coragem de escalá-lo e saltar para o outro lado, com receio de romper um membro.

Uma vez que, enquanto acordados, não davam conta de lidar e vencer esse dilema e, assim, superar de vez aquele sentimento de frustração que os incomodava, na manhã que inaugurava o final de semana que antecedia o retorno ao trabalho ele despertou com uma das mãos repousando dentro da camisola da mulher, segurando suavemente um de seus seios. Apesar do susto que o dominou, menos por receio de acordá-la e mais por enfim reviver a sensação de prazer ao tocar intimamente o seu corpo, não ousou afastar a mão. Permaneceu imóvel, sentindo a sua temperatura agradável e a sua maciez por alguns minutos. No entanto, não poderia mantê-la ali por muito mais tempo. O sol já forçava a janela e irrompia pelas frestas distraídas da cortina, e ela logo acordaria. Porém, ele a conhecia bem e suspeitou, pela respiração que emprestava ao corpo, que já despertara.

Teve essa certeza quando percebeu que ela moveu vagarosamente um dos braços e o colocou sobre a sua mão, de modo a exercer uma pressão maior contra o seu peito e, quem sabe, buscar uma excitação mais contundente. Esse pensamento o autorizou a virar o corpo totalmente, colar-se ao dela e buscar o seu pescoço e os cabelos com os lábios. Entretanto, talvez tivesse se enganado quando a imaginara acordada, pois esse ousado movimento a fez abrir os olhos abruptamente, retirar veloz a mão que lhe afagava o seio e saltar rapidamente da cama, sem nada dizer.

Ele permaneceu imóvel, apenas com o perfume de seu cabelo impregnado nas narinas, enquanto ela, contrariando os seus hábitos, saiu do quarto lépida e se dirigiu ao banheiro que havia no cômodo onde ficava o closet.

Não suportando permanecer com a sua ausência preenchendo o quarto, ele também saiu da cama e foi ao banheiro; depois trocou de roupa e a buscou pela casa, encontrando-a já na cozinha, sem o pijama, enxugando a louça da noite anterior. Ela fingia uma falsa paz e tranquilidade interior, buscando a todo custo manter uma expressão serena no rosto, mas a velocidade com que girava o pano de prato e secava cada utensílio doméstico e a forma como seu peito subia e descia a cada respiração exalada denunciavam o contrário.

Ele passou ao lado dela com o pretexto de apanhar um copo de água e lhe dirigiu um bom-dia, obtendo como resposta um sussurro quase inaudível e um aceno discreto de cabeça, acompanhado de um sorriso breve e claramente arrancado da boca à força.

Duas coisas que ele tinha certeza haver reconquistado naquele último mês eram grande parte de seu entusiasmo e coragem. Por ter consciência de que a mulher tinha vultosa parcela desse sucesso, viu-se na obrigação de confrontá-la sobre o que havia se passado há pouco no quarto. Nutriu-se de ambas as virtudes resgatadas, e sua voz encheu a cozinha.

Após perguntar-lhe a razão pela qual saíra nervosa e, aparentemente, chateada do quarto e receber uma resposta curta de que apenas se assustara, ele não se resignou. Elaborou mentalmente nova linha de raciocínio e insistiu na abordagem. Mal teve tempo de expor o seu ponto de vista e esboçar seus argumentos e logo foi interrompido pelo barulho de um copo quebrado e um grito. Viu um fio de sangue escorrer pelo dedo da mão direita da mulher e metade do copo ainda ser equilibrado por ela como uma relíquia, ao passo que o resto se espatifava na pia. Foi rápido em seu socorro, mas prontamente rechaçado sob o argumento, cuspido entre lágrimas que mais pareciam de desabafo do que de dor, de que fora ele na verdade o culpado pelo acidente e por seu ferimento.

Em seguida, ela abandonou a passos trôpegos a cozinha rumo ao banheiro do quarto do casal para fazer um curativo enquanto ele recolhia os cacos, arrumava o resto da cozinha e acomodava-se no sofá da sala para logo após colocar uma música e expulsar definitivamente o eco do grito de dor e choro da mulher.

* * *

Pouco depois ela retornou mais calma, com um pequeno curativo no dedo indicador direito, cruzou a sala sem lhe dirigir o olhar e foi aprontar o almoço.

Diferentemente do que a mulher imaginara, ele não se recusou a almoçar. Pelo jeito o apetite lhe voltava à medida que ia expulsando aquela tristeza de dentro de si, pensou ela, reparando com olhadelas disfarçadas e fugazes o semblante agora mais determinado e os olhos já com o parcial brilho de outrora do marido, percepção que marcou o início da lenta dissipação da exacerbada e incontrolável tensão que dela tomara conta quando ainda deitada, pouco depois de acordar com aquela conhecida mão quente e macia sobre o seu seio.

Mas ainda assim almoçaram em silêncio. Nem uma palavra sequer foi trocada entre eles.

A tarde avançava e eles permaneciam mudos, deixando o ar da casa tão pesado que nem a música que era permanentemente trocada, ora por um, ora por outro, conseguia aliviar.

Até que ela, sufocada por uma sensação de culpa, indignada consigo mesma por ter agido de uma forma tão irascível quando aflorada por sensações que ainda lhe incutiam medo de transformar em algo concreto, porém admitindo internamente apenas o argumento de que era uma pena terem brigado pela primeira vez nesse período justo no último sábado antes do encerramento das férias do marido, após o que eles não mais teriam aquelas tardes plenamente livres, ainda que mantido o trabalho a distância, enfim rompeu o silêncio.

— Você sabia que quando eu era criança, ou até mesmo na adolescência, e me desentendia ou brigava com meu pai — começou ela com voz supreendentemente segura e forte —, percebendo que eu ia ficar emburrada por horas e não daria o braço a torcer, como dizia, ele de repente se achegava até mim, sorrindo, tocava o meu ombro com o dele, simulando um leve encontrão, e me propunha um jogo, uma brincadeira, que, em suas palavras, "não tinha como não trazer e selar a paz entre os contendores"? Usava bem mesmo essa palavra rebuscada num tom jocoso e irônico, como quem deseja realmente a trégua, mas não deixando de me cutucar — concluiu com um saudoso sorriso no rosto.

Como ela do nada começara a falar, não lhe dando qualquer indício de que o faria, ele se virou assustado, mas, recuperando-se rapidamente, não se furtou a responder com voz inesperadamente calma:

— Sério, qual?

— Você aceitaria participar? — indagou-lhe sem responder propriamente à sua pergunta.

— Ainda que não me tenha explicado no que consiste essa brincadeira, como eu confio em você — agora com um sorriso a romper-lhe as feições sérias da face —, eu topo.

Ela então se levantou e foi correndo para o interior da casa. Voltou com duas toalhas de banho e as estendeu no terraço, ainda banhado pelo sol da tarde, que já se encaminhava para o seu ocaso — sol esse que, desde o início daquele estranho período, na maioria dos dias, teimava em brilhar, como numa espécie de muda e ardente provocação —, posicionando-as de forma que aparentemente formassem a letra V.

Em seguida, chamou o marido e pediu que ele se apressasse, porque era imprescindível à brincadeira o céu ainda claro.

Assim que ele assomou ao terraço, pediu que se deitasse em uma das toalhas e ela fez o mesmo, colocando-se sobre a outra, fazendo o seu corpo assumir os contornos da outra perna da letra V, deixando dessa forma a sua cabeça sempre a roçar a dele durante o jogo. Pôs-se então a explicá-la:

— A brincadeira se chama "Dança das Nuvens", e ganha quem descobrir mais imagens que elas formam no céu.

Não obstante estivessem no terraço, era perfeitamente possível observar o bailado lento das nuvens naquele forro infinito tingido de um forte azul. Passavam preguiçosas, carregadas por um vento ameno que soprava naquele fim de tarde.

Bastaram alguns minutos para ora um, ora outro, identificar rostos, objetos e animais a partir de seus contornos.

A cada apontamento e descoberta, não conseguiam conter espontâneas exclamações de surpresa, risos e, por vezes, um chiste e um desafio à veracidade da semelhança enxergada pelo parceiro.

Perderam a conta de quantas similaridades identificaram. Era, sem dúvida, o que menos importava agora.

Percebendo que a tarde estava perdendo o seu brilho e ganhando tons mais escuros, e logo o jogo chegaria ao seu inexorável fim, o marido virou cautelosamente a cabeça e colocou o rosto frente a frente com o da mulher, posicionando-o com audácia a poucos centímetros dele. Em seguida, como se tivesse passado uma borracha no incidente daquela manhã, cancelando-o definitivamente da memória, direcionou a boca contra a dela e a beijou de um jeito suave. Dessa vez ela não o repeliu; abriu a boca e sorveu o beijo com cuidado.

Foi um beijo longo, próprio de quem esperou bastante para ganhá-lo.

Quando enfim as bocas se abandonaram, os dois sorriram e ficaram encarando-se em silêncio com olhos inquietos por alguns minutos. Talvez ainda excessivamente mexidos com o turbilhão de emoções que explodiu dentro deles a partir daquele ansiado beijo, talvez não querendo apressar o passo, para a surpresa de ambos, nenhum deles decidiu seguir adiante nas carícias e antecipar o inevitável final.

Por fim, a mulher languidamente se levantou e encostou os braços no parapeito do terraço.

Após olhar com atenção para o céu, talvez para quebrar o silêncio, talvez porque aquela visão de fato lhe causasse uma comoção no espírito, observou que, embora morassem num andar bem alto, que lhes concedia o raro prazer em uma cidade como aquela de uma vista livre da parede formada por outros edifícios, raramente conseguiam assistir ao pôr do sol por completo, impedidos que eram pelas baixas nuvens que se colocavam entre os olhos e a grande bola de fogo amarela.

Com efeito, aquelas mesmas nuvens que havia pouco dançavam no alto do céu teimavam em descer, adensando-se e comprimindo-se próximo à linha do horizonte, formando uma linda barreira natural que ia passando de um branco vivo para um vermelho-claro e depois para um vermelho em chamas, impedindo-os, assim, tanto de ver o sol descer inteiramente quanto de contemplar o infinito.

Enquanto externava aquelas observações, o marido também se ergueu e assistiu ao lado da mulher à despedida do sol, concordando com as suas colocações.

Com o início do crepúsculo, ambos recolheram cada qual a sua toalha e regressaram para o interior do apartamento.

Ela então o avisou de que a luz baça daquele horário lhe infligira uma moleza, uma tal preguiça que demandava um longo banho para afastá-la, seguindo para o quarto.

* * *

E o banho realmente se prolongou, pois afinal, quando saiu e foi até a cozinha preparar o jantar, surpreendeu-se ao ver o marido em meio às panelas, trajando um avental próprio que há muito não vestia, cozinhando prazerosamente.

Surpresa, fustigou-o com uma pergunta direta, que soou como uma reprovação:

— O que você está fazendo aqui?

— Um risoto — respondeu-lhe, sorrindo. Por ter ela permanecido imóvel à sua frente, sem nada dizer, prosseguiu: — Como é meu último sábado antes de acabarem minhas férias, resolvi, em homenagem aos novos... e também aos velhos tempos — pigarreou forçadamente em tom de brincadeira —, preparar um jantar especial para nós.

— E onde você conseguiu os ingredientes?

— Enquanto você tomava o seu anunciado e demorado banho, coloquei a máscara, desci, fui ao supermercado e comprei o arroz arbóreo, o queijo, um vinho branco; o *funghi* ainda havia aqui, assim como o caldo, do qual guardamos uma boa porção congelada — disse-lhe com a expressão absolutamente serena, como se naquela época para ele fosse a coisa mais natural do mundo não apenas pôr-se a cozinhar, como também sair à rua.

Ela continuava parada no mesmo lugar, com a mesma expressão estupefata com que entrara ali, apenas com a boca um pouco mais aberta.

Uma vez que ela insistia em permanecer na mesma posição, como se brincasse de um jogo infantil em que ganhava aquele que ficasse por mais tempo imóvel, para obrigá-la a se mexer, ordenou-lhe:

— Enquanto jogo uma água no corpo em cinco minutos, continue mexendo — entregando-lhe a colher e prosseguindo. — Não pare de mexer, volto logo para finalizar o prato. Afinal, você sabe que o risoto só é perfeito quando está *al dente*. — E cruzou a porta da cozinha rindo.

Cumprindo a sua promessa, poucos minutos depois regressou com o cabelo molhado, recolocou o avental e apanhou a colher de sua mão. Aquele curto intervalo fora providencial. A mulher recuperara a feição natural e parecia agora preocupada apenas em auxiliar no preparo do jantar. Então, brindando-a com um riso espontâneo e gostoso, emprestando-se ares de proprietário da cozinha, exigiu que ela se retirasse, preparasse a mesa e abrisse e servisse o vinho, que, no trajeto de volta do banheiro para a cozinha, ele já retirara da acanhada adega que possuíam.

O tempo que ele ficara afastado da cozinha não prejudicara as suas habilidades culinárias. O jantar estava excelente.

Com a antiga intimidade recuperada, não havia pergunta que pudesse ser evitada nem minimamente censurada pelo parceiro. Com esse pensamento, a mulher foi direta:

— Como foi o trajeto até o supermercado?

Sem titubear ou ruborescer, ele respondeu prontamente:

— Como já lhe disse, coloquei a máscara, desci e caminhei até lá. Quando sentia algum aperto no peito ou qualquer outra sensação estranha, parava, dava um passo atrás, respirava fundo e então seguia. Assim cheguei até a porta do supermercado, entrei, escolhi os ingredientes, fui até o caixa e paguei. Daí embalei tudo e voltei para casa. — Terminou de responder satisfeito consigo mesmo, com uma clara expressão de contentamento, e completou: — Afinal, caso tenha que voltar a trabalhar de modo presencial no escritório, não terei alternativa: vou precisar obrigatoriamente sair de casa.

Ao escutar o final de seu anúncio, a mulher lembrou-se saudosa das férias que ainda não haviam acabado. Ao perceber uma brusca mudança no rosto da companheira, que estampava uma felicidade genuína e leve mas gradativamente foi ganhando aspectos graves e sombreados, deixando transparecer algumas leves rugas no canto dos olhos, indagou-lhe se algo a preocupava.

Antes que lhe confidenciasse o que não desejava, isto é, a tristeza pelo fim daquele período de férias, aliada à preocupação com o seu retorno ao trabalho, foi salva pela lembrança de que também havia algo de novo para lhe contar. Então, de chofre, anunciou-lhe:

— Tudo bem que não irei retornar ao trabalho como você, o que era uma simples questão de tempo, nós dois já sabíamos, mas nesse período me animei a enviar meu currículo para diversas empresas.

Surpreso e não conseguindo esconder uma honesta alegria, porém ao mesmo tempo abalado por uma comoção que só lhe permitiu emitir duas rudimentares palavras, as proferiu com uma voz ligeiramente trêmula:

— E aí?

Em descontraído tom solene, brincando, ela anunciou, empostando a voz:

— Em razão da atual situação, tudo ainda está engatinhando, mas recebi algumas respostas e sondagens. — Com a voz adquirindo o tom normal, prosseguiu: — Meu currículo não é ruim; tenho uma boa formação e relativa experiência. Quem sabe, quando tudo isso passar, eu receba uma oferta e volte a trabalhar? — disse com um meio sorriso.

Ele não resistiu àquela expressão, levantou-se parcialmente da cadeira, inclinou parte do corpo em direção ao da mulher, mantendo-o num ângulo aproximado de quarenta e cinco graus, e a beijou de um jeito casto na boca, voltando rápido à sua cadeira.

Entre conversas e risos, eles nem notaram o tempo passar e o jantar acabar, assim como a garrafa de vinho. Abandonaram os pratos na mesa e acomodaram-se em silêncio no sofá, desfrutando apenas da música que vibrava na sala.

Transcorridos cerca de quinze minutos, prestes a ser derrotado pelo sono, ele se anunciou cansado do longo dia. Acrescentou que o vinho, aliado ao seu retorno à cozinha, poderia ter contribuído para essa quase insuperável fadiga. A mulher, aparentemente em tom compreensivo mas sendo desmentida por um semblante que escancarava decepção, disse-lhe que fosse para o quarto dormir; ela cuidaria da louça, mesmo porque fora ele quem se ocupara do surpreendente e ótimo jantar.

Ele então lhe agradeceu e imediatamente se retirou, com medo do embaraço de mais uma vez dormir ali mesmo no sofá e acordar na cama, sem ao menos lembrar-se de como alcançara o quarto.

Contudo, quando já se encontrava deitado, sentiu o calor e a respiração da mulher atrás de si e percebeu os braços dela enlaçando o seu corpo e, ato contínuo, os lábios beijando-lhe a nuca, o pescoço e o cabelo, como numa reprise do que sucedera naquela mesma manhã, só que com ela no papel ativo.

Ainda sonolento, mas resistindo a reagir, sobretudo porque desejava prolongar aquela deliciosa sensação, demorou-se a virar, até que ela mesma puxou o seu corpo e buscou a sua boca.

Ávidos no começo, com beijos sôfregos e tirando aos trancos a roupa um do outro, quando se viram nus passaram a uma calma irritante, como temendo que aquilo não fosse real e fossem despertar a qualquer instante. Depois, como querendo aproveitar cada momento após uma longa espera, apalpavam, cheiravam e beijavam cada parte do corpo do parceiro, demonstrando mais do que uma saudade, uma necessidade de conferir se tudo ainda estava inteiramente ali, no mesmo lugar e do mesmo jeito como da última vez que se amaram.

Só então se buscaram definitivamente, largando-se apenas quando, esgotados, caíram um para cada lado da cama e seguiram para um sono pesado, que não os impediu de sonharem ambos, coincidentemente, com nuvens que dançavam no teto do quarto.

CAPÍTULO XI
A COR DO HORIZONTE

Acordaram, suados, por volta do meio-dia. Fazia mais calor que o normal e o sol ardia lá fora, incidindo fortemente contra a janela, como se querendo arrombá-la. Contudo, o cheiro doce, morno e provocativo do quarto os instigou a procurarem-se mais uma vez.

Em seguida, nem o apetite, que surgiu voraz, foi capaz de motivá-los a sair da cama. Dormiram novamente, só que agora abraçados, como se o corpo do outro fosse saciar a fome que sentiam.

E esta manobra pareceu dar resultado, pois nem a forte chuva que caiu no meio da tarde daquele belo domingo, já anunciada e provocada pelo excessivo calor, foi suficiente para despertá-los.

Apenas próximo ao final da tarde a mulher acordou. Percebendo que durante o sono o companheiro conseguira desvencilhar-se de seu corpo, esticou o braço e assustou-se ao encontrar a outra metade da cama vazia.

Não teve outra opção senão a de levantar-se e buscá-lo pela casa.

Abandonou a cama, colocou apenas uma roupa leve e partiu à sua procura com passos lentos e cuidadosos, como se as pernas tivessem desaprendido a andar após tantas horas deitada.

Encontrou-o no sofá da sala e, ao olhar para ele, seu coração disparou na hora. A televisão estava ligada e transmitia um jornal com o resumo das notícias da semana. Diziam justamente a antítese daquilo que haviam vivido em parte do dia e da noite anterior e se prolongara até aquela tarde. Pareceu ver mais uma vez seus olhos parados e sem expressão, devorando todas aquelas tristes e repetidas informações. Todavia, percebeu que tudo não passara de uma mera impressão provocada por seu açodado coração, quando ele se virou em sua direção, deu-lhe um sorriso franco e tranquilizador, dizendo-lhe que ela dormia tão profundamente que não tivera coragem de acordá-la. Explicou-lhe então que se levantara, pegara algo para comer e resolvera ligar no telejornal para atualizar-se e tentar escutar alguma informação sobre uma possível volta à normalidade, porém ainda não dava para saber com exatidão quando isso aconteceria. Confessou-lhe que às vezes aquilo tudo lhe parecia um longo pesadelo, mas então a contagem das mortes estampadas nos noticiários o trazia de volta à triste e inquestionável realidade. E logo depois se exilava em seu sonho, ainda que distante, de retomarem aquelas noites regadas a cinema e jantar que outrora faziam e seguiam madrugada adentro, ignorando quaisquer compromissos com a manhã seguinte.

Ao escutar aquelas palavras, recuperando de imediato a sua agilidade, em um caminhar rápido e seguro ela o alcançou com poucos passos e o brindou com um longo beijo. Enquanto o beijava, sabia e pensava, aflita, que o mundo na verdade ainda demoraria para retornar ao normal, se é que depois de tudo o que estavam vivendo poderia voltar a ser idêntico ao que um dia foi. Em contrapartida, concomitantemente àquela preocupação, não conseguia conter a felicidade que a aquecera por dentro ao escutar a saudade e o desejo do marido de retomar a antiga vida que levavam. Encontrava-se feliz apenas em ouvi-lo dizer aquilo; saboreava e alimentava-se de cada gesto, cada palavra dele, assim como se impregnaram do que haviam vivido desde o início daquele período, tendo agora plena consciência de que tudo deveria regressar ao que era antes, passo a passo, respeitando-se o momento certo para cada coisa. Pelo menos em relação a eles, não havia pressa nenhuma.

Após os lábios se deixarem, ela se desprendeu dele e foi até cozinha, voltando rapidamente com uma maçã nas mãos.

Olhando pela janela escancarada do terraço, exclamou, surpresa e radiante:

— Parece que hoje teremos a felicidade de ver o pôr do sol por inteiro! — E logo passou por ele correndo e escorou-se no gradil da varanda.

Ele também se entusiasmou com a vivacidade e a espontânea alegria da companheira. Desligou rapidamente a televisão, saiu do sofá e, para inovar, buscou não um CD, mas um disco que combinasse com aquele fim de tarde extremamente agradável.

Voltou e colocou para rodar, naquele aparelho moderno que imitava o desenho de vitrolas antigas, o disco *Clube da Esquina*. Embora produzido décadas atrás, ainda mantinha plenamente vivo o frescor e a modernidade, como o forte sentimento que eles resgataram e descobriram ainda os unir. Embalado por aquela música que vestia com perfeição a tarde, ele foi ao encontro da mulher no terraço e a abraçou por trás, encostando o corpo suavemente contra o dela.

A temperatura amena e o cheiro de água recém-evaporada não deixavam dúvidas de que uma boa chuva havia banhado a cidade.

Não obstante, ela tinha razão. As nuvens negras já iam longe e se misturavam agora com outras mais claras, como que de mãos dadas, e, apesar de ainda pesadas e ameaçadoras, além de baixas, como costumeiramente teimavam em se postar naquele horário, afastadas por um vento gentil, abriram uma grande janela por onde o sol descia tranquilamente, ao sabor dos olhos de quem mirasse o poente.

Para observar melhor o quadro, o marido saiu de trás da mulher e posicionou-se exatamente a seu lado. Vendo-o ali, ela de imediato abandonou sobre o parapeito a metade da maçã que restava em sua mão, encostou e pousou a cabeça sobre seu ombro, abraçando-o. Ele também a enlaçou, colocando a mão em sua cintura, agora sem apertá-la nem puxá-la contra si, como na fotografia que ornamentava a sala, mas com suavidade, como um tranquilo afago. Ambos mantinham na face o mesmo sorriso seguro e sereno e o mesmo olhar intenso e brilhante, como se refletissem a luz do sol que agora admiravam se recolher.

Como emoldurados em um retrato, permaneceram até o sol baixar por completo e desaparecer tranquilamente, deixando atrás de si um fogo vermelho-sangue que ainda transbordava e, misturando-se ao azul do céu, tingia-o de várias outras cores e tonalidades distintas. Assim, imóveis, como há muito não lhes era possível, continuaram a se embriagar com a cor do horizonte.

Esta obra foi composta em Utopia Std pt e impressa em
papel Pólen Bold 90 g/m² pela gráfica Paym.